Vente du Vendredi 2 Mai 1862

MINIATURES

ET FIXÉS

Mᵉ Ch. PILLET, Commissaire-Priseur

MM. MANNHEIM, Experts

PARIS. IMPRIMERIE DE PILLET FILS AINÉ

Rue des Grands-Augustins, 5.

CATALOGUE

D'UNE BELLE RÉUNION DE

MINIATURES ET FIXÉS

Par Bergeret, Bertin,
Blarenberghe, Boisselier, Bouchardy, Boucher, Bouhot, Burker,
Charlier, De Gault, Delahaye, Demarne, Devéria, Fontallard, Henault, Klingstett, Lebel,
Leprince, Michallon, Muller, Van Orley, Petitot, Robert, Roehn, Sauvage,
Savignac, Van Spaendonck, Swages, Swebach,
Tannay, Vernet, Watelet, etc.

Émaux Louis XV; Camées;

AUTOGRAPHES DE PERSONNAGES CÉLÈBRES

recueillis par la comtesse de Vitry et la comtesse Des Marets

DONT LA VENTE AUX ENCHÈRES PUBLIQUES AURA LIEU

HOTEL DROUOT, SALLE Nº 1

AU PREMIER

Le Vendredi 2 Mai 1862

A DEUX HEURES

Par le ministère de Mᵉ **CHARLES PILLET**, Commissaire-Priseur,
rue de Choiseul, 11,

Assisté de MM. **MANNHEIM**, Experts, rue de la Paix, 10

Chez lesquels se distribue le présent Catalogue.

EXPOSITION PUBLIQUE

Le Jeudi 1ᵉʳ Mai 1862, de une heure à cinq heures.

CONDITIONS DE LA VENTE

Elle sera faite au comptant.

Les adjudicataires payeront *cinq pour cent* en sus des enchères, applicables aux frais.

PARIS. IMP. PILLET fils aîné, rue des Grands-Augustins, 5.

DÉSIGNATION

DES OBJETS

Miniatures et Fixés

BERGERET.

1 — Fixé de forme carrée : Bénédiction d'un chevalier dans une chapelle.

BERTIN.

2 — Fixé de forme ronde : Paysage.

BLARENBERGHE (Van).

3 — Petit fixé de forme ovale : le Roi et la Reine à cheval, accompagnés d'une suite nombreuse de cavaliers, traversent une avenue et sont acclamés par la foule. Signé V. B. 1774.

4 — Fixé de forme ronde : Émeute des femmes de la halle, près du grand Châtelet.

5 — Fixé de forme ronde : Marine; effet de soleil.

BOISSELIER.

6 — Grand fixé de forme ronde : Intérieur d'une prison.

BOUCHARDY.

7 — Belle miniature carrée sur ivoire : Portrait de lady Hamilton, d'après Lawrence.

8 — Autre belle miniature carrée sur ivoire : Portrait de lady Blessington, d'après Lawrence.

9 — Petite miniature ovale sur ivoire : Portrait de Mme Sicardi, femme du peintre de ce nom.

10 — Miniature ovale sur ivoire : Portrait de Mlle Bouchardy.

11 — Miniature ovale sur ivoire : Portrait de femme.

12 — Miniature ovale sur ivoire : Copie d'une des têtes de l'hémicycle de Paul Delaroche.

13 — Miniature ovale : Portrait de Pascal, d'après Paul Delaroche.

14 — Miniature ovale sur ivoire : Soldat de la Révolution, d'après Paul Delaroche.

15 — Miniature ovale sur ivoire : Portrait d'un officier de marine.

16 — Miniature ovale sur ivoire : Portrait d'homme, à large collerette blanche.

17 — Miniature ovale sur ivoire : Portrait de jeune fille, d'après Fragonard.

18 — Jolie miniature ronde sur ivoire : Tête de femme vue de profil, coiffée à la manière antique.

19 — Jolie miniature ovale sur ivoire : Portrait de femme en robe brune et collerette blanche.

20 — Autre jolie miniature ovale sur ivoire : Portrait de jeune fille couronnée de fleurs.

21 — Miniature ovale sur ivoire : Portrait de la princesse Marie d'Orléans, vue de profil.

22 — Grande et belle miniature ovale sur ivoire : Portrait de A. Quidant à l'âge de dix-huit ans.

23 — Miniature ovale sur ivoire : Portrait de Mme B.

24 — Jolie miniature sur ivoire : Portraits de MM^{lles} B. enfants.

25 — Très-grande miniature carrée sur ivoire : Portraits des frères et sœur de M. E. Bouchardy.

26 — Miniature ovale sur ivoire : Portrait de jeune fille sur une boîte ronde en écaille, doublée en or.

27 — Miniature carrée sur ivoire : Portrait du cardinal de Richelieu.

28 — Petite miniature ovale sur ivoire : le duc de Richelieu.

29 — Miniature ovale sur ivoire : Portrait d'enfant.

30 — Deux cadres très-curieux contenant les portraits, dessinés au crayon noir, par Bouchardy, de tous ses camarades de l'atelier du baron Gros.

31 — Tableau carré : Intérieur de cuisine ; Pierrot en extase devant un volaille rôtie.

BOUCHER.

32 — Miniature carrée sur ivoire : Jeune fille et mouton dans un paysage.

33 — Miniature ovale sur ivoire : Trois Nymphes enchaînant un Amour avec des guirlandes de fleurs.

34 — Miniature ovale sur ivoire : Nymphe et Amour dans un paysage.

35 — Deux petites miniatures de forme carrée sur ivoire :
Amour voltigeant les yeux bandés et Amour assis dans
un jardin.

36 — Deux autres miniatures de même forme sur ivoire :
Nymphes et Amours dans des paysages.

37 — Miniature ovale : Berger et bergère.

BOUHOT.

38 — Fixé de forme carrée : la Fontaine des Innocents.

BURKER.

39 — Miniature ronde : Joli paysage et chute d'eau.

CHARLIER.

40 — Jolie miniature carrée sur ivoire : Bacchante et Amour
endormis dans un paysage.

41 — Autre jolie miniature carrée sur ivoire : Satyre et Nymphe couchés sur une peau de panthère.

42 — Autre miniature carrée sur ivoire : Femme couchée.

43 — Miniature carrée sur ivoire : Femme couchée et Amour
reposant sur des nuages.

44 — Charmante miniature carrée sur ivoire : Nymphes et cygne dans un paysage.

45 — Jolie miniature ovale sur ivoire : Nymphes se baignant, charmante composition de cinq figures.

46 — Autre jolie miniature ovale sur ivoire, présentant un sujet analogue à celui qui précède.

47 — Deux petites miniatures de forme carrée : Femmes couchées.

48 — Deux autres miniatures de même forme et de sujets analogues, mais un peu plus petites.

DE GAULT.

49 — Miniature ronde sur ivoire : Thalie, la muse de la Comédie, inspirée par l'Amour. Peinture en grisaille teintée, imitant un camée.

50 — Miniature ronde sur écaille : Hercule combattant. Peinture en grisaille, imitant un camée.

51 — Miniature ronde sur ivoire : Buste d'Homère. Cette miniature porte les noms d'Homère et de De Gault en caractères grecs.

DELAHAYE.

52 — Grand fixé carré : Chasse royale ; le hallali.

DEMARNE.

53 — Fixé de forme ronde : Sujet champêtre.

54 — Autre fixé de forme ronde : le Chien savant.

DEVÉRIA.

55 — Charmant dessin rehaussé de couleurs : Intérieur de famille.

FONTALLARD.

56 — Miniature ovale : Portrait de l'amiral Ruyter.

HENAULT.

57 — Grande et belle miniature carrée sur ivoire : le Rendez-vous dans un parc. Cette miniature, d'une grande finesse d'exécution, porte la signature de Henault. 1775.

INCONNUS.

58 — Jolie miniature ronde sur ivoire : Chasseur présentant du gibier à une dame. Époque Louis XV.

59 — Miniature ronde sur ivoire : l'Amour médecin.

60 — Miniature ovale sur ivoire : le Jugement de Pâris.

61 — Miniature ovale sur ivoire : Monument au bord de la mer et personnages en costumes du temps de Louis XIII.

62 — Grand fixé rond : Marine.

63 — Autre fixé rond : Paysage.

64 — Joli fixé rond : Canal bordé de maisons et traversé par un pont.

KLINGSTETT.

65 — Très-joli dessin à la mine de plomb : Portrait de jeune femme en riche costume; elle tient un loup à la main.

65 *bis.* — Miniature ovale à l'encre de Chine : Jeune femme écrivant une lettre.

LEBEL.

66 — Deux petits fixés de forme carré-long : Paysages et monuments.

LEPRINCE (R. Léopold).

67 — Fixé carré : Paysage orné de figures.

LEPRINCE (XAVIER).

68 — Fixé carré : Sujet champêtre.

MICHALLON.

69 — Fixé de forme ronde : Paysage et cours d'eau.

MULLER.

70 — Fixé de forme ronde : Paysage et chute d'eau.

ORLEY (VAN).

71 — Jolie miniature sur vélin : Groupe de deux personnages
se détachant sur un beau fond d'architecture. Signée
R. V. Orley. 1697.

72 — Grande et magnifique miniature sur vélin : Mars et
Vénus, dans un parc, entourés d'Amours ; le groupe
principal se détache sur un fond d'architecture du
plus beau style Louis XIV ; arc de triomphe orné de
colonnes corinthiennes, statues, bas-reliefs, grou-
pes, etc.; à droite du tableau se trouve une fontaine
formée d'un groupe de marbre, Vénus et l'Amour,
supportés par des cariatides. Le monogramme du
maître se trouve au-dessus de l'arc principal du monument. Riche bordure en bronze doré et caisse de
voyage en bois de chêne.

PETITOT (attribuée à).

73 — Jolie miniature carrée sur vélin : Portrait de femme vue
à mi-corps ; elle tient une branche de fleurs. (Hen-
riette d'Angleterre ?)

ROBERT.

74 — Miniature ronde sur vélin : Monuments et ruines.

ROEHN.

75 — Joli fixé ovale : le Concert.

SAUVAGE.

76 — Miniature ronde peinte en grisaille sur ivoire : Jeune
femme dans un char traîné par deux chèvres et ac-
compagnée d'enfants satyres.

77 — Miniature ronde sur ivoire : Au centre un groupe d'enfants jouant, peints en brun rehaussé d'or ; la bordure est formée d'enroulements, de figurines et
d'ornements divers peints en grisaille sur fond noir.

78 — Miniature ronde peinte en grisaille sur ivoire : Jeune
fille lisant une lettre qu'une colombe vient de lui
apporter.

SAVIGNAC (DE LIOUX DE).

79 — Très-jolie miniature ovale gouachée. Marine d'après Vernet : Pêche par un temps calme.

80 — Autre très-jolie miniature ovale gouachée. Marine d'après Vernet : la Tempête.

81 — Jolie miniature ronde gouachée : la Visite à la nourrice.

SPAENDONCK (CORNEILLE VAN).

82 — Grand et beau fixé ovale : Bouquet de fleurs dans une corbeille.

83 — Autre grand et beau fixé ovale : Sujet analogue.

SWAGERS.

84 — Joli fixé de forme ronde : Marine.

SWEBACH.

85 — Joli fixé de forme ronde : Chevaux au repos.

TAUNAY.

86 — Joli fixé rond : le Retour des champs.

VERNET.

87 — Fixé rond : Chien de chasse en arrêt.

WATELET.

88 — Grand fixé rond : Paysage.

Objets divers

89 — Groupe de trois enfants dans la manière de Boucher :
jolie peinture sur émail, grisaille sur fond marbré
violacé.

90 — Portrait de M. l'abbé Bossut, savant géomètre, peint sur
émail, dans la manière de Louise Kugler.

91 — Deux peintures sur émail : Andromède et Portrait
d'homme.

92 — Deux jolis camées de forme carrée, sur agate-onyx
d'Allemagne à deux couches, sujets blancs sur fond
noir : Génies ailés et attributs, par Morelli.

93 — Deux petites statuettes en bronze : Vénus et Flore.

94 — Deux bas-reliefs en marbre blanc sculpté : Empereurs
romains.

95 — In-4° avec reliure en maroquin rouge du temps de
Louis XIV. Ce volume contient :

Une lettre signée François, à M. de Crenay.
Trois lettres à M. de Belan : une de Charles IX,
une de François II et une de Henri IV.
Un exemple d'écriture de Louis XIII à Mme de
Vitry.
Quinze lettres d'Élisabeth de France, reine d'Es-
pagne.
Vingt-neuf lettres de Henriette-Marie de France.
reine d'Angleterre.
Une lettre de Victor-Amédée, duc de Savoie.
Dix-neuf lettres de Christine de France, duchesse
de Savoie.
Quatre lettres de Marie de Gonzague, reine de
Pologne.
Une lettre avec signature d'Anne d'Autriche, reine
de France.
Deux lettres de Mme de Longueville, née de Bour-
bon.

Tous ces autographes ont été recueillis par la comtesse de Vitry et la comtesse Des Marets.